夜が運ばれてくるまでに

A Book in A Bed

文・時雨沢恵一
絵・黒星紅白

小さな村に、一人の男の子がいました。
小さな村に、一人の女の子がいました。

二人は、隣に住むおばあさんの家に、
夕ご飯を食べたあとに遊びに行っていました。

おばあさんは二人を自分の孫のように可愛がり、
夜が来るまでのわずかな時間に、
いろいろなお話をしてくれました。

何年もの時が過ぎて――

もう、あの村におばあさんはいません。
もう、あの村に二人はいません。

ただ、一人の男の子は、
小説家になって、

ただ、一人の女の子は、
歌手になって、

ときどき、おばあさんのお話を、思い出しているのです。

「えごとえこ」

にんげんよ、
うみを、ひどくよごしてくれて、
ごみを、つぎつぎにだしてくれて、
もりのきぎを、きりたおしてくれて、
せかいのくうきを、あたためてくれて、
いろいろないきものを、たくさんころしてくれて、
ほんとうにありがとう。

おかげで、私達の種は一層の繁栄ができます。
どうかこれからも、よろしくお願いいたします。

「きめつけ」

水がたっぷり溜まっているから、
田んぼは海だ。

火を噴き出すから、
火山はストーブだ。

真っ赤で真ん丸だから、
夕日はトマトだ。

白くてふわふわしているから、
雲は綿飴だ。

熱いお湯がたっぷり入っているから、
鍋はお風呂だ。

あんなことをするから、あの人は×××××だ。

「さくひん」

貴方のような作品を書きたいと言われたら、
書かなくていいと答える。
私のような作品は、私が書くから。
貴方は貴方の作品を書けばいい。

「それがどこにあるか」

北にいる人は南にあると言って、

南にいる人は北にあると言って、

東にいる人は西にあると言って、
西にいる人は東にあると言った。

最後に彼等は口を揃えた。
「私は正しい。他の皆は間違っている」

「たいせつ」

あなたがとても大切にしているものが、
他人にとっても大切とは限らない。

例えば——、あなたの命とか。

「てきとみかた」

敵は自分。弱い自分。
味方は自分。強い自分。

二つが戦えば——
強い方が勝つはずだ。

「りゆう」

お米を粗末に扱ったら
罰当たりと叱られるのに、
結婚式ではみんなで盛大にばらまくのはなぜ？

寝ている人に冷たい水をかけたら
こっぴどく怒られるのに、
部屋が火事の時は
命の恩人だと褒められるのはなぜ？

夜に大きな音を立てると
近所迷惑だと怒鳴られるのに、
花火大会は毎年盛大に行われるのはなぜ？

町で一人でも殺したら犯罪者なのに、
戦争でたくさん殺したら
英雄になるのはなぜ？

「あじわい」

楽しいとき、嬉しいときは、
思いっきりそれらを味わえ。照れることはない。

悲しいとき、辛いときは、
どうせ思いっきりそれらを味わうしかないのだから。

「うんめい」

運命には、従わなければならない。
どんなに嘆き悔やんでも、
泣き叫んでも、
心の底から悲しんでも、
例え死んでも——
あなたが生まれなかったことにはならない。

「かべ2」

壁にぶつからない人は、前に進んでいない人。

または、とても運がいい人。

または、自分が前に進んでいるかどうか分からない、
とても運の悪い人。

「こどものころ」

子供の頃、大人はみんな立派だと思っていた。
大人のやることには、全てしっかりとした理由があり――、
ちゃんとした意味があると思っていた。

大人になったとき——、
自分がいかに馬鹿なガキだったのか思い知った。

「へんじ」

彼女から、〝今度はどこへ行く?〟とのメール。
僕はまだ、返事を出していない。

メールをくれた直後に、
彼女は事故で死んだ。

彼女からのメールを見ながら、
今日もまた、僕は考えている。

なんて返事を出そうかと。

「まずい」

人は、一度も食べたことのない物を、
〝不味い〟と言うことができる。

「ふほう」

誰かの訃報に接して、
何が一番辛くて悲しいかといえば、
これが自分の訃報ではないと喜んでいる自分がいること。

「まんぞく」

自分がいつか死ぬ事に目をつぶるのではなく、
自分がいつか死ぬ時に目をつぶりたい。

「ほめる」

あなたがあの人を誉めるのは、
あの人を誉めたいからではなく、
あの人を誉めている自分をみんなに見せたいから。

「けなす」

あなたがあの人を貶すのは、
あの人を貶したいからではなく、
あの人の欠点を自分は持っていないと信じたいから。

「じんせいといううんてん」

もし、人生を乗り物の運転に例えるならば——
きっとそれは一人しか乗れない二輪車なのでしょう。
最初は転びながら乗り方を覚えて、

慣れてくると速度を増して、
舗装された道を走ることもあれば、

荒れた荒野を走ることもあり、
真っ直ぐな道もあれば、
曲がりくねった道もあり、

結婚して人生の相棒を見つけても、
二人は常に隣で走っているだけであり、

置いていったり、
置いていかれたり、

別の相棒を見つけたり、

そうやって私達は、
時々行く先を探して迷い、
たびたび後ろを一瞬だけ振り返ったりしながら、
常に左右のバランスを取りながら、

結局のところ、
前に進むしかないのです。

「そなえ」

パイロットが胴体着陸の訓練をするのは、
彼等が胴体着陸をしたいからではない。

戦争や天災や事件や事故に備えることは、
それらを望むことではない。

#「してほしいこと　したくないこと」

人は、自分を好きになってほしいときに、
他人に好意を伝える。
人は、自分を知ってほしいときに、
他人を知ろうとする。

人は、自分の心配をしたくないときに、
他人の心配をする。

人は、自分の間違いを認めたくないときに、
他人の間違いを指摘する。

「つらいこと」

あるときのこと。

わたしは、目の前にいる人に、戯れに聞いてみた。

「今までで、一番辛かったことって、どんなこと？」

その人は、空を見た。
顔を真っ直ぐ上に向けて、
そして、
両方の眦から、静かに涙を流した。

しばらくたってから、
ハンカチで顔を拭いて、
何度か目を瞬いて、
それからその人は、
わたしを見て質問に答える。

「そんなことは、なかったよ。いままでずっと幸せだった！」

「だむ」

〝幸せ〟と〝不幸〟をダムと湖に例えるならば――
〝不幸〟はダムだ。
それが大きければ大きいほど、
〝幸せ〟という湖は大きくなれる。

「さんびゃくにんとさんにんと」

ある日に神様が、
「あなたの知らない三百人を救うために、
あなたの知らない三人が死んでもいいか？」
と訊ねてきた。

私は「いいよー」と答えて、
三人は死んで三百人は救われた。

人として、良いことをした。

別の日に神様が
「あなたの知らない三百人を救うために、
あなたの家族三人が死んでもいいか？」
と訊ねてきた。

私は「だめですよー」と答えて、
三百人は死んで三人は救われた。

人として、良いことをした。

また別の日——
神様が、世界中の人間を家族にした。

そして、「あなたの家族三百人を救うために、
あなたの家族三人が死んでもいいか?」
と訊ねてきた。

私は「いいよー」と答えて、
三人は死んで三百人は救われた。

人として、良いことをした。

「だいびんぐ」

ある日のこと。
私は海に潜った。

重い空気タンクを背負って、
たくさんの器材を身につけて、
体が水に濡れないスーツを着て。

海の中で、ある魚が話しかけてきた。

「人間さん。あなたたちはそんな苦労して、どうして自分達が住む世界以外も訪ねたくなるのかな？　それって、不自然じゃないのかな？」

私は答える。

「不自然かな？　私達は、私達が楽しいと思うことをやっているだけだよ」

答えに満足したのかしていないのか分からないが、

「ふむ」

魚はそれだけ言うと、すーっと泳ぎ去っていった。

海の中を楽しんだあと、みんなで夕ご飯を食べに行った。
お皿の上に、さっき話しかけてきた魚が載っていた。
美味しそうな、焼き魚になっていた。
私が変な顔をして、お箸をつけずにいると、魚が言った。
「不自然なことは出来るのに、
自然なことは出来ないのかい？　不思議だね」

なるほど、と言って、私はその魚を食べた。
美味しかった。

「もしじんせいが」

もし、人生が一杯のコーヒーだったら――
いったい何歳までが熱々で、何歳からぬるいのだろう。

もし、人生が一食のラーメンだったら――
いったい何歳までが食べ頃で、何歳から麺がのびているのだろう。

もし、人生が一個のスイカだったら――
いったい何歳までが食べられる箇所で、何歳から皮なのだろう。

もし、人生が一本の映画だったら――

いったい何歳までが感動のラストシーンで、何歳からエンドロールなのだろう。

もし、人生が一枚のガムだったら――

いったい何歳までが味の楽しめるお菓子で、何歳から捨てられるゴムになるのだろう。

もし、人生が一回のスカイダイビングだとしたら、

いったい何歳までがフリーフォールで、何歳からパラシュートが開くのだろう。

もし、人生が一発の花火だったら、

いったい何歳までが光り輝く瞬間で、何歳から残滓なのだろう。

もし、人生が人の一生だったら、
いったい何歳までが――

そんなことを悩んでも、悩まなくても、
どうしたって、それらは最後には終わる。

私達は、絶対に終わるものを楽しむために、
生まれてきた。

時雨沢恵一　著作リスト

お茶が運ばれてくるまでに　~A Book At Cafe~（メディアワークス文庫）
夜が運ばれてくるまでに　~A Book in A Bed~（同）

キノの旅　the Beautiful World（電撃文庫）
キノの旅II　the Beautiful World（同）
キノの旅III　the Beautiful World（同）
キノの旅IV　the Beautiful World（同）
キノの旅V　the Beautiful World（同）
キノの旅VI　the Beautiful World（同）
キノの旅VII　the Beautiful World（同）
キノの旅VIII　the Beautiful World（同）
キノの旅IX　the Beautiful World（同）
キノの旅X　the Beautiful World（同）
キノの旅XI　the Beautiful World（同）
キノの旅XII　the Beautiful World（同）
キノの旅XIII　the Beautiful World（同）
キノの旅XIV　the Beautiful World（同）

メディアワークス文庫

夜《よる》が運《はこ》ばれてくるまでに

~A Book in A Bed~

時雨沢恵一《しぐさわけいいち》／黒星紅白《くろぼしこうはく》

発行　2010年12月25日　初版発行
　　　2011年12月13日　3版発行

発行者　高野 潔
発行所　株式会社アスキー・メディアワークス
〒102-8584　東京都千代田区富士見1-8-19
電話03-5216-8399(編集)
発売元　株式会社角川グループパブリッシング
〒102-8177　東京都千代田区富士見2-13-3
電話03-3238-8605(営業)
装丁者　渡辺宏一(有限会社ニイナナニイゴオ)
印刷・製本　旭印刷株式会社

Printed in Japan
ISBN978-4-04-870235-5 C0193

メディアワークス文庫 http://mwbunko.com/
アスキー・メディアワークス http://asciimw.jp/

本書に対するご意見、ご感想をお寄せください。

あて先
〒102-8584　東京都千代田区富士見1-8-19　株式会社アスキー・メディアワークス
メディアワークス文庫編集部
「時雨沢恵一先生」係